o homem que escrevia no bar

**josé
eduardo
degrazia**

o homem que escrevia no bar

**ilustrações:
gabriel oliva**

Editora Sulina

Capa e ilustrações: Gabriel Oliva
Projeto gráfico e editoração: Niura Fernanda
Revisão: Simone Ceré
Editor: Luis Antonio Paim Gomes

Dados Internacionais de Catalogação na Publicação (CIP)
Bibliotecária Responsável: Denise Mari de Andrade Souza – CRB 10/960

D321h Degrazia, José Eduardo
O homem que escrevia no bar / José Eduardo Degrazia; ilustrações por Gabriel Oliva. – Porto Alegre: Sulina, 2024.
96 p.: il.; 14x21cm.

ISBN: 978-65-5759-175-8

1. Literatura Brasileira - Contos. 2. Contos Brasileiros. I. Título.

CDU: 821.134.3(81)-34
CDD: B869.3

EDITORA MERIDIONAL LTDA.

Rua Leopoldo Bier, 644, 4° andar – Santana
Cep: 90620-100 – Porto Alegre/RS
Fone: (0xx51) 3110.9801
www.editorasulina.com.br
e-mail: sulina@editorasulina.com.br

Outubro/2024
IMPRESSO NO BRASIL/PRINTED IN BRAZIL

A POESIA INVADE O MINICONTO: "O HOMEM QUE ESCREVIA NO BAR", DE JOSÉ EDUARDO DEGRAZIA

Márcia Ivana de Lima e Silva

Cuando despertó, el dinosaurio
todavía estaba allí.
Augusto Monterroso

JULIO CORTÁZAR NOS ENSINA que o miniconto é a "classificação dada a todos aqueles contos que não ultrapassam duas páginas de extensão, chamados também de microconto, microrrelato, minificção, conto brevíssimo ou conto em miniatura". É o tipo de narrativa que nos arrebata pela economia máxima de meios, atingindo o máximo de expressividade. Difícil precisar quando surgiu. Alguns veem nos "pequenos poemas em prosa" de Charles Baudelaire a semente do conto brevíssimo. Mas é de Augusto Monterroso o miniconto mais famoso do mundo, "O dinossauro", de 1959.

Dolores Koch acredita que as características gerais do miniconto estão para além da brevidade. São elas: preocupação com a linguagem; anseio por universalidade; senso de humor; rebeldia e originalidade. Disso se depreende que o miniconto tem seu nascimento no interior do gênero conto, mas atingiu autonomia e ganhou independência por sua identidade marginal e seu diálogo com outras formas artísticas. Importante é guardar a frequente comparação do microrrelato com as crônicas e com os poemas em prosa.

É de Octavio Paz a mais bela e precisa distinção entre poesia e poema: "nem todo poema – ou, para sermos exatos, nem toda obra construída sob as leis da métrica – contém poesia. [...] Há máquinas de rimar, mas não de poetizar. Por outro lado, há poesia sem poemas; paisagens, pessoas e fatos podem ser poéticos: são poesias sem ser poemas." Ou seja, a poesia é um convite à reflexão, à inspiração, à viagem; nos revela este mundo e cria outro, como esclarece Paz. A poesia não mora apenas no poema. Ela pode morar em qualquer obra artística. Ela pode morar num livro de minicontos.

É justamente este encontro que temos no livro de minicontos *O homem que escrevia no bar*, de José Eduardo Degrazia. Nos 56 minicontos, encontramos aquelas características apontadas por Koch, além de muita poesia e muita crônica. Todos os relatos demonstram preocupação com a linguagem, que, por vezes, roça a poesia; anseio por universalidade, principalmente na escolha de temas que afligem a condição humana; senso de humor para apresentar a realidade, que, na grande maioria das vezes, é cruel e áspera; características que revelam rebeldia e originalidade, na forma de apresentar o mundo e conduzir as narrativas.

Uma leitura possível é agrupar os minicontos por temáticas, de modo a perceber o livro como um retrato da sociedade contemporânea.

A relação entre homem e mulher aparece nos minicontos "Mulheres de Antibes", "A moda", "O indeciso", "A música silenciosa", "O perfume", "O estudante e a costureirinha", "A bela da tarde", "A calcinha vermelha". Longe de tentar resolver a questão dos relacionamentos, os minicontos colocam as personagens em situações muito específicas, que provocam nos leitores ponderações sobre suas próprias atitudes e pensamentos. Encontros, desencontros, reencontros e desejos aparecem como motivações para ficcionalizar os laços humanos e nossa capacidade de interagir com tais vivências. Instantâneos muito particulares, os minirrelatos ampliam nossa capacidade de reflexão.

A maioria dos minicontos tematiza a condição humana, o indivíduo e seus dilemas, que aparece em "O passarinho", "Catatonia", "Lição de humildade", "O homem que ruborizava", "Questão de fé", "A entrevista", "Sherlockiana", "Personagens na minha história", "A luz dividida", "Inútil paisagem", "O tamanho da obra", "Apaguei a japonesa", "O rio sem nome", "Maestro das tempestades", "Os canaviais de Cuba", "Patente", "A batalha das bíblias", "A cabeça do segurança", "Coisas do futebol", "A invasão dos bárbaros", "O braço esquerdo de Aris Kindt", "O chute do moleque" e "O universo em expansão". Completamente solitárias ou diante do outro, as personagens são colocadas diante de impasses que revelam seu mundo interior, apontando para o contraste entre aparência e essência. As minificções despertam nossa consciência social, mesmo quando as personagens se mostram anestesiadas pelo mundo que as cerca, e avivam nossa percepção da importância da consciência de si que nos leva a ver o outro. O que fica é o ensinamento de que existir é um problema social.

Os minicontos "A sede da madrugada", "Propaganda de creme de barbear", "Salvo-Conduto", "Dia de Finados", "A carranca", "Dormindo com a morte", "A última batalha", "Ficar de pé diante da morte" e "Velhos" tematizam o indivíduo diante da finitude. Pensar sobre a morte nunca é tarefa fácil, mas a ficção consegue nos colocar generosamente dentro deste tópico, principalmente quando opta pelo lirismo. É nesses momentos que vemos com maior força a poesia invadindo a prosa. Degrazia revela sua potência lírica para colocar as personagens agindo ou refletindo em assunto tão delicado. A condição mortal do ser humano é normalmente apresentada de forma trágica; mas nosso grande poeta escolhe mostrar a finitude em sua simplicidade, acolhendo a morte como condição inarredável do ser vivente, igualando-o à natureza. São instantâneos que elevam nosso espírito aos grandes temas, igualando-se à filosofia.

A realidade política recente está em "Os supremos", "A bandeira", "O partido", "Pesadelo nacionalista". Os anos de governo do presidente Jair Bolsonaro e as consequências de sua política nefasta não passaram em branco para o ficcionista. Degrazia marca sua posição neste quadro ideológico, que colocou em xeque a noção de nacionalismo, bem como o modelo de sociedade. Impossível resistir à tentação de aumentar a lista do partido DES...

O mundo do escritor e da escritura, a metaficção, a vida literária aparecem nos minicontos "Em busca de uma tese", "A carta anônima", "Poema no asfalto", "O escritor mitômano", "O verbo", "Torre de Babel", "Na Feira do Livro", "O homem que escrevia no bar". Neles revela-se o trabalho criativo: a busca pela palavra certa, imprescindível para a concepção do miniconto, cuja marca é a máxima economia. A expressividade linguística evidencia, ao mesmo tempo, os mecanismos individuais e coletivos, colocando a nu as relações pessoais e sociais. A vida literária embala externamente aquilo que constitui a mais íntima condição existencial.

A verdade é que esta proposta de leitura acaba por ser insuficiente para captar a maestria da obra, pois alguns minirrelatos abraçam mais de um tema, apontando para o fato de que a vida é assim mesmo, permeada por inúmeras questões simultâneas. Além disso, mais do que apresentar mundos diversos, o livro de Degrazia nos indica caminhos de representação de si e de validação do outro, num jogo de espelhamento, que reflete, às vezes, "o azul dos céus, e outras a lama da estrada", como ensina Stendhal no romance *O vermelho e o negro*.

A estudiosa Ana Sofia Marques considera Degrazia um dos minicontistas contemporâneos mais importantes:

> Convierte en uno de los autores contemporáneos que más se consolida em este territorio. [...] En trazos generales, la escritura de microrrelatos de Degrazia se moldea en los hechos cotidianos contados con un lenguaje sobrio, llevados a veces al territorio de lo absurdo. El relato se convierte en una especie de

> reportaje narrativo, que da cuenta de crímenes o situaciones urbanas particulares que reflejan las vivencias sociales y la problemática histórica presente en la tierra natal del autor, sobre todo la que concierne la explotación latifundiaria.

As características apontadas nas primeiras obras ampliam-se nesta sétima publicação, que certamente se tornará mais uma referência para a produção literária nacional e internacional. *O homem que escrevia no bar* configura-se como um retrato da sociedade contemporânea, através de minicontos que são instantâneos poéticos. É nesta perspectiva que vivenciamos a invasão da poesia nos minicontos de José Eduardo Degrazia. É o encontro da prosa e da poesia, fazendo com que as fronteiras facilmente demarcadas de outrora cedam e deixem à mostra o entrelugar, a intersecção, tanto dos sujeitos quanto dos textos literários.

Referências

CORTÁZAR, Julio. *Obra crítica 2*. Rio de Janeiro: Civilização Brasileira, 1999.

KOCH, Dolores. El micro-relato en la Argentina: Borges, Cortázar y Denevi. *Enlace*, Nueva York, n. 5/6, p. 9-13, 1985.

MARQUES VIANA FERREIRA, Ana Sofia. "Fuga a tres voces: evolución y tendencias del microrrelato brasileño". Revista *Letral*, n. 28, p. 214-58, 2022.

PAZ, Octavio. *O arco e a lira*. Rio de Janeiro: Nova Fronteira, 1982.

O CAVALO BRANCO

– Moço, o senhor viu o meu cavalo branco?

Levantou os olhos do livro. O acontecimento, fora de qualquer propósito, o desnorteou por um momento. Na sua casa, entre os livros raros, bebendo um conhaque aquecido na chama de uma vela que derretia lentamente, na biblioteca climatizada – as verdades e certezas que, com tanto trabalho sedimentara através dos tempos, tudo posto repentinamente em xeque? Sem nenhum motivo aparente a perturbação da ordem, o aparecimento daquele menino para perguntar por um cavalo branco do qual não tinha a menor ideia?

– Por acaso sou eu o guarda do teu cavalo branco? – Não pôde deixar de sorrir, ironicamente, olhando bem nos olhos do menino.

O menino parecia não estar perturbado, olhava com grandes olhos azuis nos olhos do homem sentado na poltrona da biblioteca. Repetiu:

– Moço, o senhor viu o meu cavalo branco?

Respondeu com certa irritação ao menino impertinente:

– Queres que te mostre os quartos da casa, a cozinha, os banheiros? Será que está escondido em algum armário, ou embaixo da cama? – Fez um risinho de mofa.

O menino não respondeu. Virou as costas ao homem da poltrona na biblioteca. Saiu devagar, olhando desconfiado, como se estivesse procurando o cavalo branco atrás da cortina.

Por vários dias o menino voltou, à mesma hora, no entardecer, quando ele começava a ler o incunábulo, apreciando com goles de entendido o velho conhaque. Vinha sempre com a mesma pergunta:

– Moço, o senhor viu o meu cavalo branco?

Não se dava mais ao trabalho de responder, nem levantava os olhos do livro, esperando que fosse embora.

Num entardecer de outono, quando o sol refletia nos cristais da sala de jantar, o menino não apareceu. Ficou inquieto, largou o livro que estava lendo na mesa ao lado, tomou um grande gole de conhaque. Levantou e passou a procurar o menino por todos os cantos da casa.

Desanimado de encontrar o menino, olhou pela janela da biblioteca, viu: o cavalo branco pastava no jardim.

O PASSARINHO

O PÁSSARO PISADO entrou pela janela da casa e ficou a um canto parado. Lá fora a mãe se agita e pia desconsolada. O pássaro pequeno, à mercê do homem, espera. Mais do que o horror, o homem é, para o pássaro, o desconhecido. O passarinho pisa o tapete em falso em falta de maior abertura e espaço. A parede não é o espelho do seu berço. O desespero de não ter mais ninho leva-o a debater-se contra a mão que o aprisiona. Deito o ser palpitante na mesma janela pela qual entrou. Enfim, rompe o espaço, livre. Eu, cativo.

CATATONIA

O PACIENTE FICAVA no pátio do hospital, ao sol e à chuva, indiferente a tudo. O estudante chegou perto dele e disse: é fácil, é só querer e poderás sair daí e andar, viver de novo.

O homem, que nunca falara desde que chegara ao hospital, olhou para ele, com tristeza, mas com ironia: é fácil pra ti.

O estudante virou as costas, impotente, e foi embora. Teria de repensar a escolha da especialidade que faria.

A SEDE DA MADRUGADA

ANTES DE DORMIR deixava ao lado da cama, no chão, o copo com água, pois não tinha mesa de cabeceira. Ficava imaginando que ia cair da cama sobre o copo. Tinha pesadelos. Até que um dia caiu da cama sobre o copo e cortou o pescoço. Mas não morreu como nos piores sonhos. Levou dois pontos perto da jugular no hospital, e depois foi até uma loja de móveis para providenciar uma mesa para botar o copo com água. Pois a sede da madrugada continuará existindo, e o próximo corte poderá ser mortal.

PROPAGANDA DE CREME DE BARBEAR

Nunca dei muita importância aos detalhes. Explico melhor: quando olho no espelho não me importo com certas imprecisões. Os pedaços de mim mesmo não interessam. Fariam sentido para alguém? Eu, aqui, agora, como sou. Intransferível, inconfundível. Nasci num dia esquecido, morrerei noutro também. E daí, pergunto, fitando nos meus olhos diretamente, como o assassino olha nos olhos da vítima.

Dá para ver que acordei de mau humor. A imagem no espelho diz que o dia será terrível. Olhei com mais atenção as minhas imperfeições. Não tinha notado as rugas na testa, a interrogação no canto da boca. A imagem do espelho parece fazer um esforço danado para dizer alguma coisa, mas não consigo entender. Não compreendo nem a mim mesmo, vou dar ouvidos a um reflexo? Pode um fantasma saber mais de mim do que eu mesmo?

Faço a barba como quem corta pedaços na carne. A ferida no queixo é só um detalhe. Sangro. Não sirvo para fazer nenhum comercial de creme de barbear. Ninguém me contrataria. O creme tem de ser como uma nuvem. Penas de ganso, asa de pássaro. Mas o produto que esfrego na cara parece pedra, palha de aço. Passo a lâmina como uma navalha, esgrimo comigo mesmo. O secreto inimigo me olha do espelho, com medo? Parece-me ver uma lágrima escorrer do olho direito. Mas não ligo. Não tenho nenhum senso de misericórdia. Mesmo que ele me pedisse perdão, que implorasse pela medíocre vida, faria de conta que nem era comigo. Afinal, é apenas o outro, ser sem matéria, nem deve ter alma, apesar de parecer espírito.

Ainda mais envolto na espuma do creme de barbear. Parece anjo no meio de nuvens. Anjo de asas cortadas. Anjo decaído, anjo sem inferno nem paraíso, anjo perdido no meio do mundo tecnológico, das máquinas. Da máquina de barbear que me recuso a usar.

Dupla lâmina, macia e cortante, faca, navalha, afiada metáfora, palavra, que esfrego na cara. Corto, e sangro, e nem mais pelos aquela figura desmaiada tem. Olha com medo. A imagem sangra, lágrimas escorrem do olho esquerdo. Mas não me causam a menor compaixão. Levanto o mento, e o momento é de passar a lâmina perto da artéria. Vejo, com certa satisfação, que se arrepia, tem pavor, espera que eu pare, e apenas escanhoe os raros cabelos do pescoço que ainda sobram. Mas não paro. Passo de um lado para o outro o instrumento feito faca de corte fino.

Espremo o tubo de creme de barbear sobre a superfície atônita. Vejo que resiste, sobram pontos escuros na face glabra. Não sem certo sadismo, passo a lâmina nos cabelos do braço. Vou até o pulso. Miro a distância que nos separa, e se o golpe foi certeiro. Olho se ele retira o braço num impulso. Sentir-me dono de um destino. Um golpe bastaria para fechar para sempre a boca triste deste anjo que me odeia.

EM BUSCA DE UMA TESE

ENCONTROU NO ROMANCE de Philip Roth o motivo da sua pesquisa. Procurava na obra de grandes autores universais a presença do Brasil. E ali estava: Lonoff tinha recebido 45 dólares por uma publicação que fizera no país. Tendo lido em alguma página anterior que o autor dizia que tinha um Ford 56, só poderia ser algum ano da década de 50. Mas qual ano? Em que revista ou editora? Teria muito trabalho por aí. Se procurasse o viés ideológico, trabalhista? Pagaram muito ao autor americano? Pagavam o mesmo para os autores brasileiros? Dava para entender que, na visão do autor, o Brasil era um país exótico que mandava todas as suas reservas cambiais para pagar um autor estrangeiro? Quantas crianças passariam dificuldades no Brasil para que o senhor Lonoff recebesse os seus 45 dólares? Resolveu: melhor do que escrever uma tese seria escrever uma carta ao senhor Lonoff para que devolvesse os 45 dólares ao Brasil. As crianças da favela agradeceriam.

MULHERES DE ANTIBES

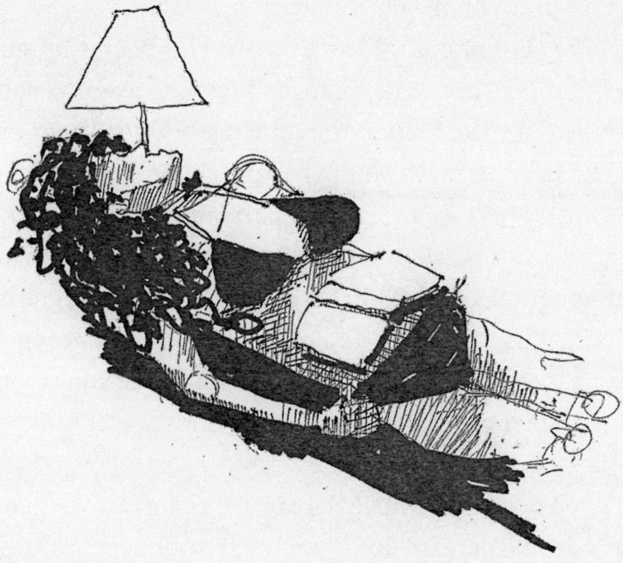

ABRIU A CORTINA do hotel que dava para o Mar Mediterrâneo. Almoçaram na praia *moules* e vinho branco. Depois a deixara no quarto para descansar, e saíra para dar uma caminhada. Emprestara para ela ler um livro que trouxera especialmente para aquela ocasião: *As três mulheres de Antibes,* de Somerset Maughan.

Quando voltou, Lena estava linda, ainda no seu biquíni azul que ele tanto gostava, deitada sob a pálida luz do abajur. Instintivamente notou que algo não estava bem. Lena chorava de mansinho, o livro que ela lera, subia e descia na sua barriga macia e clara.

O que foi, Lena, ele idiotamente perguntou.

Por que tu me deste este conto para ler? Tu estás me chamando de gorda?

Caiu num choro convulsivo.

Só aí se deu conta. Lera o conto há bastante tempo, não guardara muito da história. Mas ficara com a palavra "Antibes" na memória, como um lugar lindo, de gente maravilhosa que andava pela praia e ia a bons restaurantes. As três mulheres – muito velhas para ele – não importavam muito diante da alegria que o narrador demonstrava em contar aquela história. Estavam em Antibes, a única coisa que ela pensara ao ler o conto era nas três mulheres gordas fazendo regime para emagrecer diante da maravilhosa cozinha francesa. E isso que Lena era magra, tinha até o apelido de Flecha, na escola.

Tirou o livro de cima dela, abriu o champanhe. Ficou esperando que parasse de chorar. Pedisse uma taça da bebida que ela nunca recusava, ainda mais sendo na Côte d'Azur.

A CARTA ANÔNIMA

NA MANHÃ DE DOMINGO estávamos na praia, sentados na areia, olhando o mar bater nas rochas, sentindo o vento acariciar o rosto. Como chegamos cedo, ficamos observando os banhistas que começavam a aparecer, carregando cadeiras reclináveis, guarda-sóis. Bem em frente, um grupo de jovens tirava fotografias e ria sem motivo. A areia foi aos poucos sendo ocupada por bandos de casais e crianças. Alegria. Férias.

Um escritor nunca descansa. Quando está em férias é que mais trabalha. Comecei a fabular, a inventar histórias para cada grupo de banhistas. Transformados em personagens, passaram a ter nome, endereço, conflitos, amores. A praia tornou-se um palco onde aqueles seres desempenhavam a vida. Algumas máscaras, intensas de tragédia. Olhando o infinito do mar, pensando em seus naufrágios. Os jovens olhando os corpos desnudos das sereias.

Observei o casal deitado na areia, lado a lado, conversavam num idílio embevecido. Sim, só o amor faz aqueles gestos lentos, os olhares, os sussurros. Ele era bem mais velho do que ela, um homem bem-apessoado, estrutura forte, branqueando as têmporas. Ela era morena, cabelos curtos, seios pequenos, corpo perfeito.

Logo pensei: não são casados, devem ser amantes!

Portas se abriram para a minha história. Sim, pois eles pareciam estrangeiros, talvez argentinos. Um homem de negócios com ligações com o antigo regime militar. Ela, certamente, seria sua secretária. Fugidos com medo dos processos? Não, tortuosa essa solução. Pareciam muito despreocupados e sem sentimento de culpa. Simplesmente um casal de amantes que veio passar o fim de semana numa praia distante. Ele poderia ser um acordeonista, ela dançarina de tango. Uma pausa de amor entre as furnas e as ondas depois de apresentações bem-sucedidas em teatros e casas noturnas.

Imagino a carta anônima seguindo para Buenos Aires.

POEMA NO ASFALTO

O ESCRITOR PASSOU o mês inteiro na praia. Viera cheio de planos – terminar o romance que estava escrevendo, ler o livro que precisaria comentar com os alunos no semestre seguinte. Os dias foram passando, lentos, com gosto de estio e chuvas plenas. Manhãs na beira do mar olhando as ondas, vendo as mulheres desfilarem seus corpos esculturais. As tardes na cadeira preguiçosa lendo romances policiais.

O fim do mês estava chegando e ele começou a ficar preocupado. Para um escritor, todo o tempo passado sem escrever parece vazio. Por mais que viva, precisa transformar tudo em palavras, como se a natureza sozinha não bastasse, e precisasse de ajuda.

Foi no último dia que conseguiu escrever um poema. Pequena obra que o satisfez. Aquilo bastava uma vida inteira, não precisava mais ter sentimento de culpa por sua vagabundagem. Havia escrito o poema que iluminava os dias em que ficara apenas vendo o tempo passar. Tudo tinha, então, sentido.

Com alegria preparou a bagagem para a viagem de volta, botou tudo na mala do carro. Deu a partida, ligou o rádio. Em pouco tempo estava na estrada.

Um segundo de desatenção e não conseguiu desviar do caminhão que entrou na pista à sua frente. O choque foi inevitável. O poema, que estava no bolso da camisa, ficou caído no asfalto até que a chuva o levou para um riacho na beira da estrada. Depois, alcançou um rio mais largo, e continuou navegando. Provavelmente encontrou o mar.

LIÇÃO DE HUMILDADE

CHEIO DE ORGULHO pela tese que defendera diante de uma plateia das mais exigentes. Tirara nota dez. No final, fora aplaudido. Colegas e professores vieram cumprimentá-lo, dizendo que abrira um novo caminho na ciência, uma porta aberta para pesquisas e novos conhecimentos. Sentiu-se feliz com o mérito reconhecido. Sorria de orelha a orelha, aceitava os elogios com o ego inchado. Estava no alto, no topo. O mundo, enfim, o tinha reconhecido.

Acabada a solenidade tomou um táxi para casa. No primeiro comentário do motorista respondeu com uma aula, comentários eruditos e tudo. O homem só o escutava, balançando a cabeça. Até que o interrompeu, pedindo desculpas, mas não podia deixar de avisar que estava com o nariz sujo.

Só então caiu em si, esvaziou a empáfia, e sentiu-se como o menino que ainda era, limpando o nariz na manga do casaco.

O ESCRITOR MITÔMANO

ERA UM ESCRITOR MITÔMANO. Desde jovem aprimorava sua biografia. Escrevia pouco, é verdade, mas colecionava comentários, críticas, citações, anedotas, fotografias com autores célebres. Cada vez escrevia menos, mas a biografia que construíra já dava para um livro volumoso. Para que a posteridade o tivesse como um gênio – incompreendido, é certo, mas com a miragem da imortalidade.

Quando sentiu que estava muito velho, resolveu dar um fecho definitivo e glorioso à sua trajetória literária. Viu que o lugar de nascimento estava bem, mas para morrer, morrer iluminado, só num destino reconhecido como a Cidade Luz. Resolveu morrer em Paris.

Gastou todas as economias para comprar a passagem – afinal, não precisaria mais de dinheiro, e a imortalidade literária seria suficiente para que se sentisse o mais feliz e rico dos viventes.

Saiu do aeroporto e foi direto para a Champs-Élysées. Atirou-se à frente do primeiro carro de marca que achou estar à altura do seu sacrifício.

Ninguém sabia quem era, ninguém reclamou o corpo. Foi enterrado como indigente. Na lápide escreveram um número que o tempo se encarregaria de apagar.

O HOMEM QUE RUBORIZAVA

ESTAVA NA CIDADE turística a passeio, como todo mundo que andava na praça naquele final de tarde. Já se considerava um pouco da cidade, pois tinha um pequeno apartamento não muito longe do centro, mas para os locais, não passava de um forasteiro. Havia comprado um pão com linguiça recém-saído do forno colonial. Já estava caminhando para sair da praça quando se deu conta de que precisaria de um guardanapo para pegar o pão, de tão quente que estava. Caminhou ligeiro para que o pão não esfriasse e passou por um grupo de turistas de algum estado do Nordeste. Uma senhora perguntou alguma coisa, mas ele entendeu que ela estava falando com o grupo, e não com ele. E seguiu adiante. Foi então que se deu conta de que passara por mal-educado ao ver um dos homens levantando os braços, a olhá-lo com desaprovação. Ficou vermelho de vergonha, como de hábito em circunstâncias parecidas. Para aqueles turistas – que ele provavelmente nunca mais encontraria na vida –, ele passara atestado de indelicadeza, e envolvera naquela atitude todos os habitantes do seu Estado. Nada mais poderia ser feito para remediar a situação. Ainda hoje, ao pensar na situação, fica ruborizado.

SALVO-CONDUTO

ATIRARAM PELA PRIMEIRA VEZ. Tiro de advertência. A bala assoviou próxima ao seu ouvido esquerdo. Não queriam que ele passasse. Mas era preciso continuar. As pernas pesadas, o coração disparado, a respiração entrecortada. Grossas gotas de suor escorriam pela cara suja de terra. Apertava contra o peito a mensagem. Recebera ordens de entregá-la ao comandante inimigo, custasse o que custasse. E custou muito. A segunda bala atingiu o seu joelho direito. Caiu. Tirou do bolso um lenço branco e acenou. A terceira bala perfurou o braço. O lenço branco caiu no chão, sujando-se de lama. Arrastou-se por alguns metros. A quarta bala encontrou o caminho certeiro entre os seus dois olhos. Não largou a mensagem que segurava contra o peito. O seu salvo-conduto para o outro mundo.

O VERBO

INVENTAVA PALAVRAS antes das coisas, por isso não sabia o que fazer com elas, ou para o que elas serviam. Movia-as no céu da boca, palavras, como se fossem estrelas, cometas, ou pedras na boca de Diógenes. Um deus gago. Um deus grego. Bebia-as num trago. Resolveu criar, então, o mundo. E as criaturas. A emenda saiu-lhe pior do que o soneto.

TORRE DE BABEL

As palavras não eram um problema para os homens. Cada coisa tinha uma palavra, cada palavra tinha um sentido. Cada sentido morava dentro do ser do seu objeto. Foi então que os homens, orgulhosos do conhecimento do mundo, começaram a erguer a Torre de Babel. O Senhor do Verbo, que se achava o único com o direito de ligar as coisas com a cola da palavra, amaldiçoou a humanidade multiplicando as línguas. As coisas permaneceram iguais, mas as palavras nunca mais seriam as mesmas.

A MODA

ERA UM CASAL que não tinha nenhuma afinidade, só estavam juntos pela inércia do tempo. Como não tinham nenhum pensamento ou sentimentos comuns, aderiram à moda dos casais usarem tênis da mesma cor nas caminhadas de domingo. Olham orgulhosos os seus passos conjuntos e ritmados nos seus tênis verde-claros.

QUESTÃO DE FÉ

Procurava, sinceramente, ter contato com o Além. A primeira vez que procurou intermediário foi um psicólogo que fazia hipnose. Deixou-se ficar, entre outros, numa sala meio obscurecida. Ele começou a falar lentamente, soporífero – quando olhou para os lados a maior parte dos colegas de terapia estava de olhos fechados. Então disse: levantem os braços. Os pacientes levantaram, devagar, imperiosamente, os braços sobre suas cabeças vazias. Menos ele. O hipnotizador o olhou com cara de poucos amigos. Pensou: "estou fora", e foi saindo devagar do recinto.

Outra vez foi até um terapeuta de vidas passadas que cobrava muito caro cada sessão. Fez com que se sentasse numa poltrona, fechasse os olhos, e ficasse imaginando estar num lugar aprazível. Tu estás no céu da tua infância, estás voltando ao passado, estás no útero da tua mãe, estás indo cada vez mais longe, já estás em outra geração antiga, outros carmas outros corpos. Mas ele continuava sentado no sofá, no décimo andar de um edifício do centro de Porto Alegre, no ano de 2015. O homem desistiu de fazê-lo encarnar em vidas passadas, e, com certa rudeza, pediu para que ele fosse embora. Não devolveu o dinheiro que pagara.

Deu-se conta de que era uma pessoa resistente às coisas sobrenaturais. Bem que buscava penetrá-las, mas, em geral, as coisas misteriosas, esotéricas, lhe escapavam. Não lhe causavam nenhum efeito.

Passou a observar à distância – desde que eles também o respeitassem –, os magos, os bruxos, os terapeutas de vidas passadas e presentes. Respeitava os *coachs*, os gurus, os mentalistas, mas queria distância deles.

Nenhum cabalista o convidou mais para fazer parte do show espiritual.

Contentou-se com o Espírito que nunca se negou a habitar a sua cabeça.

Até que resolveu abrir a própria igreja.

A ENTREVISTA

PERGUNTADO SOBRE o que estava fazendo, o entrevistado respondeu que estava fazendo o que sempre fizera.

O entrevistador disse que não estava entendendo o que ele queria dizer com aquilo.

Respondeu: a minha resposta é sobre mim, não é sobre ti ou sobre a tua pergunta.

SHERLOCKIANA

ENCONTRARAM-SE NUM PAÍS DISTANTE. O primeiro disse: é um gaúcho!

O segundo respondeu: como tu sabes?

O primeiro replicou: a mancha vermelha da queimadura na mão esquerda mostra que derramaste a água fervente do chimarrão de forma equivocada. Deve ter doído bastante.

O segundo comentou: ainda nem tinha falado bah.

O INDECISO

NÃO SABIA O PORQUÊ de sempre ser assim na vida, essa coisa de explicar qualquer atitude a ser tomada, a indecisão em agir, a dificuldade de enfrentar a luta – e, também, os prazeres –, da vida. Ela não. Sempre fora decidida. Quando tinha que sair, fazer algo, não pedia opinião de ninguém, simplesmente fechava a porta atrás de si e fazia o que bem entendia. Ele, o que nada fazia, é que ficava com sentimento de culpa.

Um dia abriu a porta e saiu para a rua sem dizer para onde ia. Ficou tonto com a luz e o movimento, os carros pareciam estar na iminência de atropelá-lo como a vida que trazia engasgada na garganta. Pensou em voltar. Mas já era tarde. Agira pela primeira vez e sabia que era impossível o retorno à situação anterior. Ela lhe dera o exemplo definitivo, o último.

Os dois não voltaram mais para casa.

DIA DE FINADOS

NAQUELA TARDE JÁ TÃO ANTIGA, fomos com as velhas tias levar flores para os mortos. O cemitério do interior não era triste com suas flores baldias, com o vento da primavera brincando nas folhas das árvores. As tumbas eram simples, corretas, concretas, sem pompas em demasia.

A tia mais velha deu um longo suspiro – ela não sabia que seria a primeira que iria.

A segunda tia verteu uma lágrima cristalina – em breve, outros derramariam lágrimas por ela.

A terceira, a mais nova, sorria – demorou para partir, mas também se foi sem muito alarde.

Hoje estão todas adormecidas no mesmo jazigo.

Só eu estou aqui, sozinho. Bem sei que as abandonei há muito, e nunca mais enfeitei com flores da estação as tumbas dos nossos defuntos.

Quando a solidão me abate, lembro delas, e sei que, mesmo me sabendo ingrato, elas estão guardando o meu lugar com zelo.

Velhas tias, de tão velho sangue, logo irei lhes fazer companhia.

PERSONAGENS NA MINHA HISTÓRIA

HÁ EM MIM UM SER desconhecido que está indo para o lado contrário de onde eu quero ir, sempre sonhando com o impossível, o inatingível.

Quando estou no escritório trabalhando, ele está pensando nas neves eternas do Kilimanjaro, e prepara as cordas de alpinista.

Quando olho pela janela para ver o movimento da cidade, ele vê as montanhas nevadas dos Andes, e caminha para lá com suas longas pernas de andarilho.

Quando estou atravessando a rua para ir para o trabalho ele me acena do bar.

Quando estou cansado, e pronto para dormir, aí é que ele quer estar mais acordado e partir para as festas noturnas.

Apesar de sermos tão diferentes, nós gostamos um do outro e convivemos bem.

Sou eu que o deito na cama quando ele volta da boêmia e é ele que fica me acenando, de manhã cedo, quando me vê partir.

No fundo as duas partes de mim não poderiam viver sozinhas mesmo que quisessem. Quando uma está alegre, a outra está triste – isso contrabalança o excesso de uma e outra.

Penso até que existe um terceiro personagem, o ser do equilíbrio, que passa de um para o outro e faz média com os dois.

Tudo seria ótimo se não existisse um quarto, um quinto, e "n" personagens, que às vezes se intrometem no enredo, e o Autor fica sem saber como retomar o fio do novelo da minha vida, e perde o rumo da história, esquece o texto, e desiste de mim.

A MÚSICA SILENCIOSA

No clube, à beira do rio noturno, o conjunto tocava músicas antigas. Vinha da noite escura e dos bares, vinha da noite impura. Vinha para sonhar, não sei, ou para encontrar alguém que cuidasse de minhas feridas. Alguém que acolhesse a minha impossível juventude.

Foi então que te vi, Amiga!

Pelo salão iluminado fomos dançando ao som da música nostálgica, surdos aos sons que não viessem do pulsar de nossos corações apertados, alheios ao que não fosse o secreto ritmo das veias.

A música terminou e nós continuamos dançando, esquecidos dos olhares que nos viam, pelo salão afora, donos de todos os espaços.

Assim é que lembro de ti, Amiga, tantos anos já passados, na beira do rio noturno, dançando no salão silencioso. O que importa se os músicos já partiram há muito tempo e seus instrumentos sejam notas dissonantes em algum fundo de armário, ou velho álbum de fotografias?

A música ainda toca só para nós dois.

O PERFUME

1

Esperou com rosas nos vasos. Quando ela partiu, com os pés descalços, ficou olhando da janela a chuva que caía. Na casa vazia nunca mais houve lugar para as flores.

2

Não mais acreditou possível existir um sentimento tão intenso. Abandonou a casa para sempre.

Hoje é uma tapera no meio de um jardim tomado pelas ervas.

3

Uma casa revestida de hera num arrabalde quieto. Até lá não chega o rumor das ruas congestionadas, o ruído dos motores se perde noutra realidade.

Entro na casa de tão antigos mistérios.

A mulher que um dia morou na casa ainda embriaga com seu perfume as salas onde só o vento é visita.

Os passos são os dela e se desfazem nos corredores carcomidos pela ferrugem do tempo.

Rumor de vestidos que se despem.

O ESTUDANTE E A COSTUREIRINHA

(Uma história que pode ter acontecido na Paris do século XIX ou numa antiga cidade do Sul nos anos 70 do século XX.)

EDIFÍCIO DE ESCADA CARCOMIDA pelo inverno e pelo tempo. Umidade nas lajes postas por mãos de operários que já descansam desencarnadas em algum pequeno cemitério de arrabalde. Quase tugúrio de estudantes e balconistas.

No apartamento de portas descascadas e manchas na parede, a costureirinha trabalha noite e dia. Sopra os dedos enregelados nas manhãs mais frias. Com a fita métrica toca o corpo do estudante, tremendo, toma as medidas na caderneta de folhas soltas, toca de leve o peito do jovem, como num afago temeroso.

À noite, a máquina trabalha incessante. O estudante, de turvos olhos acesos, arde inconsolado, enquanto ouve na escada os passos do marido, os mesmos pés, que noite após noite deixam marcas de barro nos degraus.

*

Ela o beijou, enquanto entregava a camisa afeitada pelo desejo de seus dedos, e o foi empurrando para fora, para o sol de abril que ofuscava as abelhas e os pássaros.

A LUZ DIVIDIDA

A PACIENTE ME PERGUNTOU se eu não tinha pesadelos à noite por ter passado todo o dia vendo olhos.

A pergunta me atingiu, súbita, como se sempre estivesse presente, mas não vista, e de repente se desvelasse.

Fiquei meio sem jeito, respondi que via muitos olhos bonitos, e para mim, os olhos se transformavam em estrelas úmidas, pedras coloridas, signos, espelhos, palavras irisadas de sentido.

A segunda resposta foi um lugar comum: os olhos são as janelas da alma. As íris são pura poesia.

Para os videntes pode parecer claro, e para os cegos, menos obscuro?

Para os cegos, e suas pupilas opacas, onde mora a luz que atravessa a escuridão?

Para que penumbras prenunciava a noite dos seus olhos, para que atentos mistérios?

As suas pupilas não eram amargas, e me fitavam generosas.

Dividiam comigo a luz.

A CARRANCA

Encontrou a escultura no rio. Fora jogada na areia da praia. Resolveu levar para casa, pois tinha outras esculturas de pedra que encontrara em barcos naufragados. Notou a diferença já nos primeiros dias. A escultura parecia mais humana, sorria como ele, os olhos cada vez assemelhando-se aos seus. Nele também aconteciam mudanças: no espelho via-se cada vez mais carrancudo. Achou interessante o olhar vidrado de anacoreta. Passaram-se os dias, não precisava olhar a escultura da sala, via no espelho: um rosto de pedra. Vieram uns homens, com jeito de marinheiros, buscar uma escultura que haviam perdido. A mulher não fez nenhum movimento quando a levaram embora. Ele, sentado à frente da televisão, lentamente transformando-se em pedra.

INÚTIL PAISAGEM

Construiu a casa diante de uma paisagem linda: o lago azul, e um bosque em flor. Um mês depois, o Construtor fez uma casa na frente, tapando a paisagem, que queria para a sua velhice. Reuniu suas economias e construiu mais um andar, sobranceiro à nova construção. Podia novamente olhar o bosque e o lago azul. Na semana seguinte, o Construtor ergueu mais um andar, novamente tapando sua visão com uma parede cinza. Botou mãos à obra e com muita dificuldade fez outro andar de onde podia observar os pássaros cantando nos galhos das árvores. O Construtor não se deu por achado, construiu, dessa vez, três andares pintados de preto. Desistiu. Comprou tintas e pincéis, e passou o resto da vida pintando paisagens coloridas nas paredes de cada andar que o Construtor erguia.

OS SUPREMOS

É PRECISO QUE VOLTEMOS à guerra, a matar-nos uns aos outros – mesmo que sejamos amigos e tenhamos torcida pelo mesmo time. Só depois da terra arrasada, das crianças e mulheres e homens assassinados, é que nós, os Supremos, acima de todos os poderes e da Justiça, voltaremos a dominar o país. Nós temos o poder do povo e fazemos nossas próprias leis. Invadimos as Casas dos três poderes da República porque a democracia não nos interessa. Interessa o que eu penso, digo e faço. Por isso liberamos as armas para termos milícia de prontidão. O Judiciário é venal, as urnas eleitorais não são confiáveis, a vacina causa aids e a pandemia é uma gripezinha. E não vamos mais abandonar o poder.

Desligou a televisão no meio do discurso desvairado do Líder Máximo da Nação.

O TAMANHO DA OBRA

FICO PENSANDO NAS lagartixas que andam de noite pelas paredes da minha casa de praia. A casa está fechada, pois a temporada de verão já acabou e uns ventos frios já começam a empurrar algumas névoas das bandas do mar. As lagartixas podem ocupar a casa com suas formas melífluas, perfeitamente identificadas com os cantos e com as sombras. Elas fazem corridas aparentemente sem sentido pelos vãos das portas. Camuflam-se entre os definitivos vasos de plantas da sala. Vão deixando aqueles cocozinhos com a ponta branca (resultado da mistura que acontece em suas cloacas) que se diferenciam bem dos dejetos dos ratos que perambulam no quintal. Os ratos ainda não entraram na casa, mas eles existem pelas vizinhanças, e são um contraponto quente ao sangue frio desses répteis congelados. Por isso, fui me transformando aos poucos num conhecedor e diferenciador de tudo quanto é depósito fecal. Sei dizer quando é de um pássaro ou de um gambá, se algum gato entrou na área externa da casa, se um tuco-tuco cavou profundos túneis no meu jardim. Essa é uma qualidade de quem mora em casa aberta à invasão dos animais. Vejo e analiso os despojos e imagino a forma do bicho que a cagou. No geral, não são fezes malcheirosas se as compararmos com as posturas humanas, essas sim, carregadas de intoxicações e pestilências. Mas não é bem isso o que eu me propunha de início, ao falar das lagartixas, afinal, ser um tal conhecedor é até embaraçoso. Não posso, por exemplo, dar aulas sobre o assunto para as visitas. Nem posso intervir na marcação de território dessas espécies. É, de certa forma, um conhecimento inútil. Mas me basta para dizer a um possível comprador assustado que a casa não está infestada pelos ratos, basta olhar aquele montinho escuro com a saliência branca. São só lagartixas, salamandras, digo ao homem não muito convencido. Mas confesso que não me desagrada nada quando o homem desiste do negócio. Fico pensando que pelo tamanho da obra aquela lagartixa deve ser uma das grandes.

APAGUEI A JAPONESA

NÃO EXISTE NADA mais irritante para um turista profissional, fotógrafo amador como eu, do que chegar numa grande atração internacional e não conseguir fotografar pelos milhares de turistas que se põem indiscretamente na frente da objetiva. Tento vencê-los pelo cansaço, mas não adianta, quando um sai, sempre tem outro que o substitui, fazem rodízio na frente da minha câmera. Parece que são pagos para me chatear. Fazem caras e bocas na minha fotografia, botam suas cabeças enormes na frente do melhor ângulo para a foto. Enfiam suas barrigas nos menores desvãos dos museus e obliteram as estátuas e as pinturas. Ficam acenando para mim, que não os conheço, como se eu fosse amigo de infância, ou membro da família. Vou ficando louco, e a insistência deles em serem fotografados por mim vai me irritando ao ponto de querer que uma bomba de nêutrons esvazie todos os espaços para poder, enfim, fotografar em paz.

Quando voltei para casa, depois daquela longa viagem através dos seis continentes, comecei a passar as fotos para os arquivos do computador. E ela sempre estava lá, a japonesa.

Na frente do Cristo Redentor, no Rio de Janeiro, ela me sorria. Na subida da Torre Eiffel, em Paris, ela me acenava; no Portão de Brandemburgo, em Berlim, ela abria a boca e parecia cantar; na frente do Partenon de Atenas, ela levitava entre as colunas; na praça do Sol, em Madri, ela não saía da frente da estátua do urso e ensaiava passos de dança; na casa das três janelas, em Machu Picchu, ela sentava numa delas como se fosse na casa dela. Em qualquer lugar que eu estivesse, e tentasse fotografar, ria para mim, como se me dissesse: desiste, não podes viver sem mim. Sou a tua alma gêmea. No Himalaia, em Nova Iorque, em Nova Deli, ali estava ela, onipresente, ubíqua, insistente.

A mensagem subliminar: onde fores fotografar, estarei presente, sou a essência de todos os turistas. Nenhuma imagem é verdadeira sem mim.

Tomei uma decisão radical, apagar as fotografias onde ela aparecia. Cliquei no excluir, numa foto que, confesso, ela até estava charmosa. Apaguei para sempre a japonesa da minha vida e das minhas fotos.

O que eu não poderia imaginar é que, ao excluí-la, desencadeou-se uma explosão em série como a famigerada bomba de nêutrons. Foram-se apagando todas as minhas fotos, uma a uma, as em que a japonesa estava e todas as outras – vingança dela?

Apaguei com a japonesa todas as minhas memórias.

DORMINDO COM A MORTE

O MESTRE FALOU para o discípulo que estava sempre com sono e chegava atrasado para as aulas:

– O melhor sono é a morte, é para sempre; por isso não te queixes da vida e do trabalho. A vida não foi feita para se passar dormindo. Terás muito tempo para isso quando chegar a tua hora.

Desde aquele dia o discípulo passou a ser o primeiro a chegar à preleção matutina, mal o sol despontava. Sempre estava descansado, porque aprendera a dormir o suficiente. Afastara, também, a morte que o abraçava enquanto dormia.

A ÚLTIMA BATALHA

OS HOMENS ANTIGOS, quando ficavam velhos, preferiam ir para a luta e tombar no campo de batalha a sucumbir na cama. Foi o que aconteceu com o Coronel. Ao montar no cavalo tordilho, deu uma olhada de relance na casa da estância e picou a andadura. Com oitenta anos e muitas revoluções nos costados, sabia que seria a sua última refrega. Aprisionado pelo piquete avançado do inimigo, foi o primeiro a ser degolado naquela revolução.

A BELA DA TARDE

Ela entrou no café no fim da tarde. Chovia e fazia muito frio. Era uma dama elegante, parecia deslocada naquele ambiente de subúrbio. Levantei o olhar do vapor do cafezinho, observei os seus gestos de fera ferida, assim ela me parecia, felina. Pediu uma garrafa de espumante e ficou sorvendo o dourado líquido demoradamente. Olhava, através da vitrina do bar, com os seus olhos mentolados, a paisagem que só ela via. As unhas vermelhas e curvas batiam lentas na mesa de mármore. Ninguém ousou aproximar-se dela, nem eu.

O RIO SEM NOME

O RIO NÃO TINHA NOME. Cada um o chamava como bem entendia. Para uns, era o Rio das Pedras, por causa das pedrinhas brilhantes da beira. Para outros, era Rio Verde, devido à cor das águas nos remansos das algas que proliferavam nos dias quentes de verão. Para os demais, era simplesmente o rio sem nome, majestoso, fluindo entre as margens cobertas de mato.

Um dia chegou a autoridade, com cartógrafos, geógrafos, teodolitos, fitas métricas, binóculos, e deram nome ao rio, o definitivo, segundo eles, desde aí escrito nos livros, nos anais, na geografia. O rio passou a ser chamado pelo nome do político que prometera desenvolvimento para a região.

Algum tempo depois, os velhos da comunidade viram que o rio mermava, já não corria como antes cantando nas pedrinhas. Virou riacho, depois filete, depois poça, e finalmente secou.

Foi uma tristeza só desde esse fatídico dia. Precisou passar uma geração. Para que o nome do político fosse esquecido. Os mais velhos notaram o aparecimento de uma poça, de um olho d'água, um filete, uma fonte, e, finalmente, depois de décadas, o rio sem nome ocupou as margens a que desde sempre tivera direito. Um menino disse: "Olha o Rio das Pedras!". O avô corrigiu: "Não, é o Rio Verde".

O rio sem nome, abastecido pelas chuvas da primavera, voltou a abastecer o mar, que, por falta dele, poderia secar.

NA FEIRA DO LIVRO

FEIRAS DO LIVRO SÃO MOMENTOS muito estranhos. São lançamentos coletivos, sentamo-nos ao lado de pessoas/escritores que não conhecemos e nem ao menos lemos uma linha dos seus livros. Olhamo-nos com certa indiferença, procuramos ser gentis, mas ficamos espiando com o rabo do olho se a fila de leitores cresce mais na frente deles do que da nossa. E aí vem as velhas tias, os amigos do colégio, os companheiros do tempo da adolescência, os colegas de trabalho e ofício, que alguns ainda se submetem ao rito. Mas são poucos os leitores hoje em dia. Ficamos olhando o vazio na nossa frente como um desafio. A moça do lado esquerdo, que autografa um livro de suas viagens astrais, me dá um sorriso. O cidadão do lado que autografa um livro de massuda lei jurídica, me faz um sinal de OK. Confraternizamos, enfim, entre os livros, e o lançamento faz algum sentido. Os autores da próxima sessão de autógrafos estão chegando e olham para nós irritados, porque o nosso tempo se esgotou. Mas nem sempre é assim, há em alguns um certo rancor de estar ali, dividindo o espaço com escritores menores, eles se acham grandes. E se os mil convites que enviaram, redundaram em míseros dez na fila, remoem amargamente a decepção, mastigam lentamente as páginas dos seus livros, ruminantes da sabedoria.

MAESTRO DAS TEMPESTADES

Com a idade foi ficando cada vez mais magro, triste, anguloso. O vento passou a quebrar nas esquinas do seu corpo e a assoviar nas suas vértebras. Imagina-se maestro das tempestades. Caminha curvado como se carregasse uma dor às costas. Um pássaro de mau agouro pousou, definitivo, no seu ombro. Nem para espantalho tinha serventia. Mesmo assim, enfrentava a tempestade.

OS CANAVIAIS DE CUBA

Se o tempo é circular, outra vez ele subirá a escada do velho edifício do Vedado, próximo ao Malecón. Ela não tinha chave e telefonava para que alguém abrisse a porta. Encontraram-se em meio à escada, e ele abriu a porta. A moça agradeceu sorrindo, e o olhou com seus olhos mais doces. Seu tio, assim ele se apresentou, já vinha descendo a escada. Venha tomar um café conosco, sou músico, e esta é minha sobrinha. Subiram a escada para o piso superior. Tenho certeza, numa dessas tantas voltas que o mundo dá, algum dia tomaremos esse café juntos novamente, o tio contará histórias dos velhos músicos e das noites antigas de Havana e da boate Tropicana, e ela, olhando nos meus olhos com seus olhos ainda mais doces que o açúcar dissolvendo-se lentamente na xícara, fará entender que ele estava entrando num novo ciclo, para sempre preso àqueles olhos e aos canaviais de Cuba.

PATENTE

– Deus está em toda parte? – perguntou o menino à sua mãe, que tentava lhe ensinar religião.

– Sim – ela respondeu –, Deus está em toda a parte.

– Até mesmo na patente?

A mãe teve que sorrir e fechou o livro de catecismo. Aquele menino estava lhe saindo um filósofo.

FICAR DE PÉ DIANTE DA MORTE

ACREDITAVA EM TODAS as crenças do seu povoado, mas, naquele dia, estava dormindo com um sono pesado e não acordou quando o cortejo com o defunto parou em sua porta. No dia seguinte, era o personagem principal do cortejo fúnebre.

A INVASÃO DOS BÁRBAROS

QUANDO OS BÁRBAROS CHEGARAM, puxaram a sineta da porta. Abriu e começou a falar-lhes sobre a paz, a justiça, a democracia, a bondade, a ciência, a poesia. Os bárbaros não entendiam a língua em que estava falando, muito menos aquelas abstrações. Por isso, o enforcaram, sem mais delongas, na corda do sino. Antes de dar o último suspiro, pediu-lhes que fechassem a porta sem bater, para não acordar os que estavam dormindo. Arrancaram com violência a porta. O sino ficou tocando forte, como alerta, até que todos acordaram.

O BRAÇO ESQUERDO DE ARIS KINDT

Um pouco antes de ter o laço da forca em volta do pescoço, Aris Kindt sentiu uma coceira no braço, e teve uma visão. Viu-se deitado numa mesa de anatomia, onde um cirurgião dissecava o seu membro superior esquerdo. Homens com cara de estudiosos, médicos jovens e atentos, olhavam com espanto as manobras do Dr. Tulp. Entre sombra e luz, divisou um jovem pintor que muitos anos depois se tornaria famoso. Aris Kindt coçou o braço que começou a doer, e pensou: "Será que ganho algum dinheiro com isso?"

A BANDEIRA

MERGULHOU E SAIU NADANDO sem saber aonde iria chegar. Sabia, aquele país já não lhe servia. Por suas posições políticas levantavam cartazes por onde passava, criticando-o e mandando-o para outros países – logo ele, que amava o seu país, e tentava recuperar a bandeira que lhe haviam roubado. Multidões vestindo verde e amarelo pediam o fim da democracia. Optou pelo exílio. Nadou, nadou, nadou muito, até que chegou numa ilha. Ele, o náufrago, o sem país. Tirou do bolso do calção a bandeira, pendurou-a numa árvore e a deixou secando. Dormiu não sabe quanto tempo. Quando acordou, olhou para a bandeira e ela estava tremulando ao vento. Sentiu-se cidadão, novamente. Pegou a bandeira, botou no bolso, mergulhou e recomeçou a nadar. Agora sabia onde era o seu lugar, a bandeira era sua, o país era também o seu. Ao nadar, preparava as ondas que iriam mudar a terra em que vivia. Enquanto nadava descobria, o seu país era dentro dele que o trazia.

O UNIVERSO EM EXPANSÃO

...PENSAR UM RETÂNGULO dentro de um quadrado que por sua vez está inserido numa pirâmide que se aloja num triângulo encaixado num losango perfeitamente acomodado num cubo que faz parte de um icosaedro inserido num hexágono – o círculo envolve o todo das figuras formando um universo em miniatura numa esfera onde o dentro e o fora são a mesma coisa outro universo em paralelo que sendo bola um moleque chuta e tudo se expande

i n f i n i t a m e n te ...

VELHOS

O VELHO SAI DE CASA pedindo desculpas: num momento anda devagar e atrapalha; noutra ocasião é muito rápido e atropela a si mesmo e aos outros. Por isso, encontra a desconsideração por onde passa.

O preconceito contra os idosos se manifesta de muitas formas, mas a pior é a transparência que vão adquirindo com a idade. Tornam-se incorpóreos. Se não tomam cuidado, são atravessados como se fossem espelhos d'água, ou pior, pisados como se fossem sombras.

O velho melhor aceito é o que não se move. De preferência, numa cova.

O PARTIDO

NUM PLANETA DISTANTE, além da estrela Aldebarã, um político pretendendo a reeleição foi aconselhado – devido às políticas desastrosas do seu governo –, a que assumisse um novo partido político, o DES. Que é o partido dos:

DESumanos
DEStemperados
DESbocados
DEStrambelhados
DESestruturados
DEStruidores
DESarticulados
DESqualificados
DESpreparados
DESmatadores

Como se trata de um miniconto, vou parando por aqui a lista. Mas o leitor, se quiser, pode aumentá-la ao infinito.

A BATALHA DAS BÍBLIAS

Juraram sobre bíblias os acusadores e os acusados, depois atiraram versículos contra o peito uns dos outros, gritando que Deus estava do seu lado. Mas ninguém sangrava nem ficava com a cara vermelha de vergonha. Até que um, mais decidido, partiu para o ataque mais decisivo atirando a bíblia que tinha na mão contra a cabeça do relator. O relator, em seguida, pegou a bíblia mais próxima e acertou a cabeça do delator com boa pontaria. Voaram livros massudos fazendo baixas na situação e na oposição.

O Deus dos Exércitos, desta vez, negou-se a abençoar os lados conflagrados. Mandou um anjo recolher os livros destruídos pelo impacto contra as cabeças duras dos beligerantes. Abandonou o campo de batalha, deixando, para trás, os dois bandos gritando – já que não se podiam valer do livro consagrado – palavrões de grosso calibre, estropiando-se, mais ainda, uns aos outros.

Deus, junto com o anjo, estendeu todas aquelas obras sobre uma mesa e passou a conferir versículo por versículo. Só aí se deu conta que os versículos lidos não eram os que ele escrevera. Cada facção em guerra reescrevera-os conforme propósitos que, obviamente, não eram os Dele. Baixou a cabeça pensativo e triste. Corrigir tudo aquilo lhe daria muito trabalho.

A CABEÇA DO SEGURANÇA

ENTREI NA FESTA sem ser convidado. Tinha bebido umas e outras com os meus compadres, e estava nem muito alto nem muito baixo. Vinha caminhando pelo bairro querendo ir para casa, quando bati com a testa num cartaz que anunciava a festa de aniversário de uma mina minha conhecida. Era um convite público, em papel, será que ela não tinha Facebook, Instagram, essas coisas? Pregava o convite de aniversário como os que perdem cães e gatos pregam os seus retratos nos postes, e nas árvores? De qualquer jeito eu não era convidado. Tanto fazia se o meio era ou não eletrônico. Tentei entrar na festa, já que estava ali. O segurança botou a mão no meu peito e me pediu o convite. Procurei conversar com ele, disse que era amigo da moça desde o seu batizado. Não adiantou. Pediu que me retirasse. Fiquei olhando a cabeça calva do segurança. Pensei que seria uma excelente receptora da minha raiva. Botei a mão no bolso, acariciei o martelo que sempre carrego comigo, carpinteiro que sou. Ele me olhou sério e abaixou a cabeça. Larguei a arma onde estava, dei um passo para trás, e, com a mão direita, passei a mão na cabeça do segurança como sinal de amizade. Ele nem sorriu e me deu um soco na cara. Foi quando vi a aniversariante entrando na festa com seu vestido de gala. Ela nem me olhou, e o segurança, com sua cabeça calva, me deu uma testada bem na minha moleira. Foi tudo. E acabou.

COISAS DO FUTEBOL

GUARDOU OS FOGOS de artifício no porão da casa. Não seriam para festejar a vitória do seu time, mas para causar mágoa e ódio na derrota do time adversário. Para tripudiar sobre os vencidos. Esqueceu o potencial explosivo do que tinha escondido, quando faltou luz bem na hora do jogo. Para enxergar melhor na escuridão acendeu um fósforo, quase alcançando um rojão. Explodiu junto com os gritos de gol da equipe adversária.

A CALCINHA VERMELHA

DEPOIS DE TANTOS ANOS de casados ansiava pela casa vazia. Amava-a muito, mas ela, às vezes, o irritava – não tinha mais paciência com os seus pequenos defeitos, e muito menos com os grandes. Ela parecia estar sempre variando de humor, inventando coisas que ele não queria fazer.

Parecia ocupar todos os espaços, expansiva que era.

Um dia ela partiu sem dar explicação. Andou pela casa procurando alguma mensagem. Nada encontrou. Nenhum bilhete, nenhuma pista. Abriu o armário e viu que tinha levado todas as roupas. Nenhum vidro de perfume ficara para trás, como se quisesse que ele esquecesse até os cheiros dela.

Demorou para entender que era uma fuga para sempre.

Sentou-se no sofá da sala, bebeu metade de uma garrafa de uísque. Os olhos secos. O coração batendo forte, as mãos trêmulas, o nó na garganta.

Levantou-se cambaleando. Queria tomar uma ducha gelada para não sucumbir.

Viu a calcinha vermelha que esquecera pendurada no banheiro: parecia estar esperando por ela. Só então chorou – dando-se conta da casa vazia.

PESADELO NACIONALISTA

NO DIA EM QUE ACORDOU cantando o hino nacional de forma agressiva, autoritária, deu-se conta da mudança que acontecia com ele. Antes do café da manhã, enrolado na bandeira – sempre a mantivera no fundo da gaveta, escondida, sem serventia –, saiu para rua, ufanista como nunca fora.

Encontrou um bando de pessoas iguais a ele, todos vestidos de verde e amarelo. Notou que espumavam pela boca iguais a ele, cuspinhando. Não conseguiam articular um pensamento, mas diziam grossos palavrões, gritavam ordens estúpidas, como: Viva a ditadura, abaixo o Supremo, morra a Imprensa, viva o armamento e a morte!

Um carro de som chegou e o político começou a discursar de forma incoerente, dizendo que a pandemia que assolava o país era uma gripezinha, os milhões de mortos no mundo não passando de invenção dos globalistas. Tirava punhados de pílulas milagrosas do bolso e as engolia, dizendo: "Vejam, eu sou imune, sou atleta, sou sarado", e espumava mais do que todos em volta, a saliva saltando sobre a audiência e instantaneamente transformando-os em bois e vacas, a tal de imunidade de rebanho, a boiada.

Quando o político gritou vivas à tortura, deu um pulo e bateu com a cabeça na guarda da cama. Apesar da dor, ficou feliz, era apenas um sonho ruim. Ia empurrar as cobertas para o lado e levantar-se da cama, quando o quarto foi invadido por uma turba comandada por um periquito fantasiado de empresário. Voltou a dormir para ver se a aparição desaparecia. Quando acordou, o periquito ainda estava ali.

SOLIDÁRIOS

Foi assim, quebrei a perna num jogo besta de futebol. Entrei numa bola dividida. Resultado: a perna engessada. Não que eu me queixe. No fundo, é até bom. Lá em casa todos se desvelam para cuidar de mim. Mãe nunca esquece de trazer o copo de leite antes de eu dormir. Pai deixa sempre comigo uns trocados para o cinema e a cerveja com os amigos. Sem falar na fama de corajoso que eu fiquei com os companheiros do meu bairro. Qualquer um não entraria numa bola daquelas. Ainda mais contra um zagueiro com fama de mau: ele nos encarava como se fosse devorar um por um. Éramos todos menores, eles, uns rapagões de barba na cara. Não entregamos a rapadura. Estávamos ganhando o jogo por dois a zero quando aconteceu o lance. O sujeito entrou para rachar. Teria sido gol na certa, não fosse ele acertar a minha perna no momento exato do chute. Não senti nada na hora. Ficou um ovo na altura do tornozelo direito. O sujeito até ficou com remorso, quis me levar para o Pronto Socorro. Saí do jogo com fama de corajoso, e o nosso time ganhou de dois a zero. Não estou me queixando, mas é claro que alguma coisa muda na vida da gente. Por exemplo, estas muletas. Nunca tinha me imaginado caminhando com ajuda delas. Agora faço tudo com elas. Estranho como um vivente se acostuma com qualquer situação nesta vida. Pego ônibus, vou para a escola. Só não faço é dançar, porque aí seria demais. O médico me disse que eu ficarei como novo. Se eu me cuidar. O mais diferente nesta minha vida é que não sei de onde foram surgindo companheiros de desdita. Vou caminhando pela rua e, quando menos espero, outro par de muletas me acompanha. Olhamos um para o gesso do outro. Ele pergunta como vai o meu tratamento. Respondo que vai assim, assim. A recuperação é lenta, mas constante. Ele conta que está sentindo umas ferroadas por baixo do gesso. Digo que devia procurar o seu médico. Não é bom brincar com essas coisas. Pode arruinar. Ele me pergunta como é que consigo tomar banho de chuveiro. Digo que coloco um banco debaixo da ducha, a perna engessada envolta num saco plástico, e fico sentado recebendo a água. Interessante como a gente se identifica e se procura em tais circunstâncias. Estamos sozinhos no meio da multidão. Surge alguém manquitolando. Olhamo-nos direto, outras vezes com o canto do olho, de soslaio, ainda envergonhados. Em poucos minutos já estamos conversando sobre médicos e tratamentos. Perguntamos nomes. Marcamos um hipotético cafezinho. Vamos seguindo solidários pela rua. Uns destinos.

CRIME NA ZONA DO CAIS

I

O PINGENTE José Veríssimo da Silva Porto foi encontrado morto em decúbito ventral pela polícia, e multiplicado em fotos dos jornais, sendo espalhado aos quatro ventos da cidade. Ele olha as fotos abismado: este sou eu?

II

Dora de tal, mais conhecida por Lucinha na zona do baixo meretrício onde militava, testemunha-chave do processo instaurado, diz ser coisas loucas do coração acontecidas.

III

Porto a amava tratando-a como se dama da noite não fosse, para ele era uma rainha. Esperando sempre, suspirava e desejava o fim da ronda pelas calçadas, hora em que Lucinha voltava a ser Dora, doando-se a quem a adora. Para seus braços se encaminhava.

IV

Coisa do destino não tem tino, nem serventia. Ninguém espera o amor assim, chegando de mansinho, num local brabo e duro como esse. O sujeito deixa-se levar pelo sonho a noite inteira, para ser derrubado dele de manhã quando os apitos dos navios desvendam a bruma.

V

Carlos Cardoso, mais conhecido por Carlão nas rodas dos bares do porto, para quem Dora era coisa fina, tratada a pão de ló e sopapo, cafetão de primeira, grande conhecedor das minas. Achava-se dono e senhor do material.

VI

Segundo um portuário conhecido na boca, sentia-se o cheiro de sangue de longe, naquela história. Não ia acabar bem. Coisas de paixão o diabo entende e prepara o desenlace final. Não existe nem bem nem mal onde a paixão é sinal.

VII

A paixão que a todos arrebata é a mesma que no fim da história mata. Quem pensa estar livre de ser tomado dessa maneira, que não se meta em caso de amor como o acontecido e aqui narrado.

VIII

José Veríssimo da Silva Porto não era homem de gravata nem bravata. Tinha os seus quefazeres, interesses, compromissos. Não fazia pirraça e não bebia além da conta, pois tinha um pulmão doente.

IX

No bar do porto, Porto e Carlão se encontram e marcam um ponto no cais, para tirarem satisfação um do outro. Dora era o motivo da liça, morando no peito de cada um, amante e namorada sem nunca dizer de quem. Um fio de luz naquelas vidas esfarrapadas. Os dois eram valentes e não tementes. Era preciso resolver aquilo de uma vez por todas. Dora era de quem? Dora era de qual? Dora era a tal?

X

O enfrentamento formidável nenhum olho humano viu. A frieza das facas brilhando, as caras contraídas, toda a desmedida do ódio. As veias pulsando no pescoço, ingurgitadas. O coração batendo apressado preparando para o bote. Os olhos faiscando como as lâminas. Os lábios fechados com a palavra Dora doendo dentro.

XI

Porto está caído, sangrando no pescoço. Carlão limpa a faca na barra da calça, sai gingando, sem alvoroço. O corpo ficou beijando a laje fria, um beijo sem nenhuma serventia.

XII

Dora aprontou a mala na sala do cabaré. Tinha que ir embora. Tinha que pegar o trem. Ou era dos dois ou era de nenhum. Dora agora era de ninguém. Dora de Tal e Qual.

O HOMEM QUE ESCREVIA NO BAR

*

Sentado à mesa do bar o homem bebe um café frio e sorve a solidão. Tem uma caneta e um poema no bolso do casaco.

*

No fundo do bar o homem bebe o seu vinho e escreve. Não sei o que escreve, mas a mão na testa, o olhar que às vezes se retrata na vidraça o delatam.

*

O homem escreve sentado num bar. Como tantos outros, no subúrbio, no início da noite. Toma uma cerveja dourada, mergulha os olhos na taça. Molha o lápis na língua. Pode ser um contador preenchendo o livro caixa, ou um improvável poeta escrevendo um poema.

*

Um bar no final da tarde. O atendente deixa a conta sobre a mesa. Rapidamente o homem escreve no verso.

*

O homem no fundo do bar pediu a conta enquanto o saxofonista ensaiava sozinho no palco. Mas suspendeu o tempo, grafando na pauta umas notas de uma possível sinfonia.

*

O saxofonista ainda tocava quando o homem puxou o lenço do bolso para secar as lágrimas. Depois, escreveu na mesa de mármore: adeus.

*

O garçom, indiferente, passou o pano sobre o poema escrito em letras vermelhas na mesa de mármore.

*

Na vidraça do bar os olhos do homem fitaram as letras do letreiro. Sem mais o que fazer àquela hora, escreveu no guardanapo uma das melhores propagandas que já imaginara para vender a ideia de um bar.

*

O matemático chegou cansado da aula e começou a corrigir as provas dos alunos. De um lado do guardanapo anotou o teorema de Pitágoras, no outro começou a traçar o jogo da velha. Nem olhou para o homem que escrevia.

*

O tradutor de sumério sentou-se na última mesa vazia do bar. Depois de ter passado o dia inteiro debruçado sobre uma plaquinha de barro, todas as gotas do vinho que escorriam na sua taça pareciam incisões cuneiformes.

*

Físico, abandonado pela mulher, sentou-se na mesa do bar e pediu uma garrafa de uísque. O dourado da garrafa parecia um reator nuclear.

*

O contista começou a escrever um conto enquanto o barman sacudia o coquetel que ele pedira. O homem era muito jovem, e chacoalhava muito vigorosamente a mistura de gelo e quantidades enormes de álcool. Escreveu na folha de almaço: assim o meu personagem terá uma overdose.

*

O crítico literário, animal em extinção, os dedos manchados de tinta e de tabaco, pediu o cardápio do bar. O homem que o atendia deixou sobre a mesa o vermute preferido. Ficou analisando a angústia da influência nas receitas do cozinheiro. Como nada lhe apeteceu, ficou chupando o palito depois de ter engolido a azeitona.

*

O cozinheiro chegou no bar no horário de sempre, e viu o seu rosto refletido na vidraça. Pela careta que fez, a comida ia azedar.

*

O garçom, recém-contratado, um jovem da periferia, hesitou antes de entrar no bar. Achou que sua figura refletida no vidro da porta parecia desenxabida. Sua mãe tinha costurado um triângulo azul no cotovelo direito do casaco para tapar um buraco. Ficou vermelho e se sentiu *gauche* na vida. Foi então que o dono do bar o viu e o convidou a entrar com um aceno. Apertou a sua mão e pediu para que ficasse ao lado do homem que escrevia. Deixou um copo de refrigerante e um prato de bolinhos de bacalhau na sua frente. O dono disse no ouvido: primeiro vou te servir para que aprendas o sistema da casa e possas servir melhor do que eu, depois, os clientes.

*

A moça do caixa gostou do homem que escrevia sozinho na mesa do canto do bar, a mais escondida. Mas tinha vergonha de interrompê-lo, tão entretido que parecia estar escrevendo, sem parar, entre um cigarro e o seguinte. Começou a rascunhar, entre uma conta e outra dos fregueses, uma carta de amor que nunca teve coragem de enviar.

*

Os namorados sentaram-se ao lado da mesa do homem que escrevia. Se olharam nos olhos, e se acarinharam as mãos, e se beijaram sem discrição. O homem que escrevia, diante de cena tão romântica, suspendeu a pena.

*

O minicontista sentou-se na primeira mesa à direita, ao lado da porta. Achou que já tinha escrito o suficiente com aquela frase.

*

Os jovens sentaram-se na mesa ao lado do homem que escrevia, com seus celulares, com seus iPads, com seus e-books, com seus pendrives – pós-modernos que eram. Riam à socapa, pois o homem escrevia à mão num caderno espiral de colégio. Só que não sabiam que ele era um famoso chargista e os foi desenhando numa caricatura que os condenava ao inferno. No outro dia, estavam estampados, na segunda página do principal jornal da cidade: só eles é que não riram.

*

O homem no bar sabia que tinha cometido um crime. Pediu conhaque e cerveja. Ficou desenhando na bolacha do chope a cara de quem ele matara.

*

O delegado entrou no bar que frequentava e sentou ao lado da mesa do homem que desenhava numa bolacha de chope. Reconheceu logo o criminoso que procurava. Mas não o prendeu imediatamente. Pediu cachaça de Santo Antônio e ficou observando o desenho que o homem fazia. Todo o contraventor tem o direito de desenhar o seu arrependimento ou escrever a sua delação premiada.

*

O advogado não gostou de ter sido convocado para encontrar o seu constituído num bar. Mas foi, e não se arrependeu. Entre um artigo e outro da Constituição que lia para o apavorado acusado de tantos crimes, ainda escrevendo suas declarações escabrosas, viu os olhos azuis da moça que o olhava, sentada sozinha, num banco do balcão.

*

A moça de olhos azuis era uma manicure que naquela noite se achava sem cura. O namorado dera-lhe o fora. Bebericava martinis, enquanto a longa unha vermelha cortava a azeitona como se fosse o coração dele.

*

Queria vingança, abriu a porta com um pontapé. Apontou a arma para o homem que escrevia um conto na mesa ao canto do bar. Mas antes que detonasse, desviou o cano do revólver, o minicontista botou reticências na história.

*

O poeta estava com o lápis na mão, esperando que lhe viesse alguma ideia interessante. Foi quando a bala perdida atingiu o seu coração.

*

O romancista, que bebericava um campari sanguíneo, tomava notas e observava os frequentadores do bar. Daria uma boa novela de mistério com todos aqueles personagens estranhos.

*

O editor aproveitou para lançar o livro do poeta, no bar, em meio ao escândalo do seu assassinato. Seria também um sarau. Na noite do lançamento todos estavam presentes, o dono do bar, o cozinheiro, a moça do caixa, o garçom, o atendente, o físico, o matemático, o poeta, o contista, o minicontista, o romancista, o saxofonista, a manicure, os jovens, os namorados, o delegado, o advogado, o contador, e todos os demais frequentadores do bar, inclusive o assassino. O livro tinha tudo para ser um sucesso. Só não estava, por motivos óbvios, o poeta morto. A moça de olhos azuis, no entanto, disse que sentia a presença dele ali.

*

O jornalista do caderno literário se arrependeu de não ter ido falar com o homem que escrevia na mesa do bar, e que era um grande poeta desconhecido. Mesmo assim, colocou a sua fotografia na primeira página. Não comprou o livro dele.

*

O homem que escrevia numa mesa de bar foi enterrado numa vala comum, pois ninguém o conhecia. Mas no primeiro dia nasceram rosas espontâneas; no segundo dia os pássaros fizeram ninhos; no terceiro dia as namoradas derramaram lágrimas; no quarto dia os poetas entoaram loas; no quinto dia uma árvore cresceu e deu frutos; no sexto dia as fontes trouxeram peixes; no sétimo dia nada aconteceu de muito importante. Nem o fato de ter morrido daquela maneira cinematográfica aumentou a venda do seu livro póstumo.

Este livro foi confeccionado especialmente
para a Editora Meridional Ltda.,
em Source Serif Pro, 10,5/15,5 e
impresso na Gráfica Noschang.